SIMPLE ALBUM

PAR

M. LE CHEVALIER N. DE LORDE.

« Du besoin du passé notre âme est poursuivie,
« Et sur les pas du temps l'homme aime à revenir ;
« Il faut aux jours présents de la plus belle vie
« L'espérance et le souvenir. »

PARIS,
MICHEL LÉVY FRÈRES, LIBRAIRES-ÉDITEURS,
Rue Vivienne, 2 bis.
1855.

SIMPLE ALBUM.

SIMPLE ALBUM

RECUEIL

DE

POÉSIES

PAR

M. LE CHEVALIER DE LORDE.

PARIS,
MICHEL LÉVY FRÈRES, LIBRAIRES-ÉDITEURS,
Rue Vivienne, 2 bis.
1855.

TOULOUSE,

IMPRIMERIE DE FROMENT FILS, RUE LOUIS-NAPOLÉON.

A Monsieur le Baron de Viel-Castel.

Monsieur le Baron,

Permettez-moi de vous dédier ce Recueil de mes Souvenirs, sous le titre de Simple Album. Quelque peu digne que cette oeuvre soit de votre précieux suffrage, je me flatte que vous voudrez bien la voir placer sous vos auspices, comme un faible mais sincère hommage de mon affectueuse gratitude pour vos bienveillantes sympathies, et de ma sincère estime pour votre mérite de littérateur et d'ami.

J'ai l'honneur d'être, avec les sentiments les plus distingués,

Monsieur le Baron,

Votre très-obéissant et très-dévoué serviteur,

Cher De Lorde.

Saint-Martory, 18 Février 1855.

SIMPLE ALBUM

INTRODUCTION.

Bien follement présomptueux serait l'homme qui prétendrait juger et son siècle et ses contemporains. Cependant on peut reconnaître, sans mériter l'accusation d'outrecuidance, que la manie de l'imitation et la mode en toutes choses sérieuses ou futiles, altèrent tous les jours les meilleurs ouvrages des meilleurs esprits, en substituant au style naturel de l'écrivain certaines formules en vogue qui sont, à tour de rôle, l'éphémère succès du moment. Nous disons cela pour expliquer le titre bien modeste et qu'on pourrait croire prétentieux, placé en tête de ces pages par un homme d'esprit et de cœur.

Il ne s'est pas dit un beau jour : j'écris pour mes contemporains ; encore moins, *je chante*, suivant l'expression académique bien souvent employée par des gens qui ont la voix parfaitement fausse au *moral* et au *physique*. Il a tout naturellement répandu ses tristesses et ses joies sur le papier placé devant lui comme Dieu les répandait tour-à-tour sur chaque feuillet de sa vie. En un mot, il n'a pas écrit : *Simple*

Album pour rivaliser avec *Simple Histoire*, titre charmant dont on a si rudement abusé depuis *Tristram Shandy*, que ces simples histoires-là sont devenues compliquées comme un drame de MM. Dennery et Bouchardy avec prologue, quinze tableaux obligés, épilogue et parfois apothéose. Charmé sera le poète si quelques lignes de son petit livre éveillent un écho dans le cœur de quelque inconnu dont il adoucira la solitude et la souffrance, ou s'il fait rêver, le soir, sur l'appui de sa fenêtre, quelque rieuse jeune fille qui tout à coup se prend à penser et ne rit plus.

Enfin, ces pages devraient-elles s'envoler aux quatre vents, comme les feuilles d'automne, *ludibria ventis*, il s'estimera heureux qu'une de ces feuilles en passant ait caressé quelque douleur secrète ou bien qu'en effleurant des lèvres roses, elle y ait laissé la trace d'un sourire.

Baron DE VIEL-CASTEL.

Toulouse, 7 Février 1855.

SIMPLE ALBUM.

L'ABBAYE DE BONNEFONT (*).

..... Quis talia fando
Temperet a lacrymis?.....
(VIRGILE, *Enéide*, LIV. 2)

Oh! souffrir et pleurer, c'est ce qui régénère:
L'homme n'est vraiment grand qu'alors qu'il a gémi.
(Mme Colet, *Chant de Consolation à un Poète*, 1834.)

Quelle chaîne de pierre, en suzerain rempart,
S'élève autour de moi, me ceint de toute part!

(*) Bonnefont, abbaye d'hommes de l'ordre de Cîteaux, fut fondée en 1136, par Bernard, comte de Comminges, dans un joli vallon, sur le bord

Comme aux portes du cloître, une fraîcheur subite,
A l'abord de ces murs, me saisit et m'agite.
Champs de débris, salut! salut froids ossements,
Retraite de la paix, antiques monuments!
Port tranquille où, pour fuir la tempête cruelle,
Du passager du monde abordait la nacelle.
Mais depuis cette nuit que sur l'onde flottant
La nacelle sombra, sans rame, sous le vent,
Le pêcheur a levé l'ancre de ce rivage
Et péri loin du port, emporté par l'orage.

En vain, je frappe au seuil muet et déserté,
Je lui demande en vain cette hospitalité,
Que tel un brillant phare, en une mer lointaine,
La croix éclairant l'homme en sa marche incertaine,
A tous offrait sans cesse. Hélas! le pauvre accourt,
Demande, prie, implore; à ses cris tout est sourd.

d'un ruisseau, près d'une fontaine délicieuse dont cette abbaye a pris le nom, et non loin de la ville de Saint-Martory.

Ce monument de la plus grande magnificence n'offre aujourd'hui que des ruines; il fut dévasté par le vandalisme de 1793; une des parties les plus remarquables, appelée l'*Hospice*, devint la proie des flammes.

Mais des démolisseurs la frénétique audace,
N'a pu de ces grands noms effacer toute trace,
Et les blasons empreints sur ces marbres gisants,
Attestent en débris leurs efforts impuissants.

J'avance, sous mes pas les dalles retentissent,
Et, tour-à-tour frappés, les souterrains frémissent,
Comme si, dans leur sein, le trépas menaçant
Jetait son râle affreux sur le cercueil béant.
Du dôme ouvert descend une pâle lumière,
Qu'on dirait le reflet d'un crêpe funéraire;
Par cette déchirure, à mon œil éperdu
Apparaît le milan dans les airs suspendu.
Tel le Bigorre vit un aigle à la volée
Tournoyer au sommet de la tour crènelée
Du château Mirambel, et de son bec sanglant
Se glisser un poisson pris au Gave écumant,
Lorsque contre Mirat, sarrasin redoutable,
Un empereur français, héros infatigable,

Aux monts pyrénéens porta ses étendards,
Et de ses ennemis foudroya les remparts.

Autour de moi, tout peint le deuil du sanctuaire,
L'asile dévasté d'aumône et de prière,
Dedans la basilique où s'élevait l'autel,
Où dût se prosterner plus d'un pieux mortel,
Où Dieu se révéla sous la pompe chrétienne,
Où le manteau des rois et la pourpre romaine,
En longs plis ondoyants de flots majestueux
Inondèrent le chœur éblouissant de feux,
La brise agite l'herbe et le brin de verdure,
Comme en berçant l'esquif le flot léger murmure.
L'autan sur ces débris semble rouler parfois
Des fleuves débordés l'assourdissante voix,
Ou tantôt, au travers des mâtures sifflantes,
Semble mugir au loin sur les mers écumantes.
Des murs géants debout, aux gothiques frontons,
Le sommet déchiré se découpe en festons.

Déployant son tissu sur la svelte rosace,
Des vitraux mutilés le lierre a pris la place;
Ainsi qu'un doux espoir, pour consoler le deuil,
Pose son ancre d'or au chevet du cercueil,
L'églantine grimpant aux frises solitaires,
Orne de ses bouquets les volutes légères.
L'orgue ne verse plus ses sons majestueux;
On n'entend que le cri des oiseaux ténébreux,
Dans le calme profond de l'enceinte mystique
Où vibrait jusqu'au ciel la lyre du cantique.
Loin du bruit des cités, le pieux souvenir
Rêve avec la douleur, épanche un long soupir
Sur ces piédestaux nus et ces mornes portiques,
Sombre émail de débris, lugubre mosaïque.

Que de noms oubliés dont la cendre ici dort?
Quand furent-ils inscrits sur le livre de mort?
Mais si pour tant de noms ces tombes sont muettes,
Elles parlent du fruit des saints anachorètes,

Qui d'une main offraient l'encens au créateur,
Un doux appui de l'autre et le pain au malheur.

Révèle-moi, Bernard, la sublime prière,
L'extase où tu puisas ce feuillet du calvaire
Déchiré comme l'arbre aux souffles de l'hiver,
Où tel que le granit par la foudre entr'ouvert.

Symbole de la foi, divin flambeau des hommes,
Une lampe d'or pur scintillait sous ces dômes;
Sa lueur blanchissant ces funèbres arceaux,
Des comtes de Comminge éclairait les tombeaux.
Qui, dans ce Saint-Denis, en a fermé la dalle,
Comme aux cercueils des rois, mystérieux dédale,
Le dernier des Condé? Maintenant, du vautour,
Du hibou, c'est le nid, le sinistre séjour.
On dit que là, debout, sur ces arches tremblantes,
De ces princes guerriers les ombres chancelantes

Fixent d'un œil amer leur tombeau profané,
Comme le roi Priam, captif infortuné,
Pleurait ses enfants morts et sa chère Pergame;
Ou comme le soldat doué d'une grande âme,
Pleure sur son pays au pouvoir du vainqueur,
Et, luttant sans victoire, expire de douleur.
Le dernier prince maure ainsi donnait des larmes
Aux palais renversés de Grenade en alarmes,
Et leur criait adieu, lorsqu'il franchit le mont
Qui du soupir du maure encor garde le nom.

Prince, dont la valeur redressait les injures,
Tu ne relèves point, pour frapper ces parjures,
Ton rude gantelet, ton casque au beau cimier,
Ta tunique de fer, et ta dague d'acier,
Ta dague à la croix d'or que sacra la poussière
Du sépulcre du Christ, auguste sanctuaire,
Tes cuissards écailleux, ton large bouclier,
L'éperon qu'on eût dit animer le coursier,

Tout ce noble arsenal, cette terrible armure
Qui jadis terrassait l'attaque la plus dure,
Qui dans la Palestine, arbitre des combats,
Semait sur l'ennemi la fuite ou le trépas!
Cette armure fléchit et se brise impuissante,
Sur ta couche de pierre, en émoi, frémissante.
D'un moderne Caius la brutale fureur
Armant son lâche bras du pic démolisseur,
Contre ta noble image où la vertu respire,
Bernard, qui de ces lieux as possédé l'empire!
Nouvel iconoclaste, et vandale inhumain,
A porté sur ta tête une profane main,
Et tu crias: Maudit! Jusqu'au fond de la bière,
Le maudit fut traqué par ton ombre guerrière;
On vit cent spectres noirs sur son linceuil des morts,
Et lui se déchirant, au poignard du remords,
Semblait user la rage, et toujours plus cruelle,
Cette rage aux enfers pour lui renaît nouvelle.

L'Hospice ici croûla sous un souffle fatal.
La coupe où jaillissait une onde de cristal,
Ce souffle l'embrassant de flammes dévorantes,
En un amas de cendre a transformé ces tentes,
Milliaire planté sur la route du ciel,
Où la foi reposait son culte et son autel;
Chartes, légende, histoire et livre du vieux âge,
Non, il ne reste rien d'un si riche héritage!
Comme apparaît un mât sur les flots hérissés
Des tronçons de vaisseaux par la trombe écrasés,
Comme un antique pin dresse sa haute tête,
Au milieu des forêts qu'a rasé la tempête,
Sous les noirs tourbillons des vents impétueux,
Roulant de toutes parts éclats, débris affreux,
Une imposante tour, debout, seule domine
Ces décombres en masse et ces monts de ruine,
Sur la crête bleuâtre où Phœbus se penchant
Lance une gerbe d'or de son flambeau mouvant,
A travers les rameaux des chênes séculaires
Qui semblent protéger ces rives solitaires.

Voilà le tribunal cher à la vérité,
Le chapitre où siégeait, au nom de l'équité,
Le paisible sénat. De l'immortelle vie
Qu'aux pierres imprima l'art chrétien, pur génie,
Quelques souffles encore animent ces morceaux,
Ces pendentifs sculptés et ces fleurons rivaux.
Ainsi, quand l'aquilon a brisé le feuillage,
Du beau front d'une vierge, au couchant du jeune âge,
Lorsqu'a pâli la rose, on pourrait admirer
Les charmes dont le ciel se plut à la parer.
Avec eux les Romains emportaient leurs dieux lares,
Pour les sauvegarder contre des mains barbares;
Que n'ai-je pu de même aux règnes destructeurs
Emporter ces trésors, vrais lares protecteurs.

Par de cruelles dents cette urne déchirée
D'eau bénite de Dieu semble avide, altérée,
Comme de bonheur l'âme..... Au seuil de ce réduit
Dont le soleil jamais ne dissipe la nuit,

Un ermite vient-il agiter son suaire,
Ou réciter du soir le psaume et la prière?
Je l'écoute, il murmure un monotone chant
Reporté par la brise à l'écho gémissant:
« Ciel, dit-il, prends pitié du deuil de mon veuvage!
» Des sacriléges mains vois sur mon front l'outrage!
» Vois des cyclopes nus la frénétique ardeur
» A brandir sur ton temple un marteau niveleur
» Vois serpenter la ronce et l'épine enlacées
» Où brillaient mille fleurs en guirlandes tressées!
» On ravit aux regrets, à la honte, au malheur
» L'expiatoire autel, l'abri réparateur.
» Un jour le passager foulant cette bruyère,
» Demandera la place où fut le monastère,
» De l'antique Cîteaux émule et compagnon,
» Mais il n'y trouvera qu'un souvenir, un nom.
« Dans ce globe mobile ainsi rien n'est durable,
» Sur son trône éternel Dieu seul est immuable! »

L'ombre a parlé ; sa voix s'éteint dans les sanglots,
Et la voûte gémit, comme aux soupirs des flots
Un rivage lointain. A ces touchantes plaintes,
Du cloître spacieux je fuis les labyrinthes
Et ces marbres épars, monument de douleur,
Restes majestueux de pieuse grandeur.

Un groupe de coteaux, variant paysage,
Appelle mes regards, m'offre une douce image
Au pittoresque aspect, au gracieux lointain.
Là le berger cadence un rustique refrain,
Et des essaims d'oiseaux voltigeant sous l'ombrage,
Y répondent en chœur par un joyeux ramage.
Au détour d'un vallon, la vierge du hameau
Poursuit d'un pied léger son folâtre troupeau ;
Le laboureur tardif qui descend la colline
Vers son modeste toit pesamment s'achemine ;
Sur la fraîche pelouse, un ruisseau fugitif
Vient glisser mollement ; son léger bruit plaintif

Se mêle aux doux soupirs de la feuille tremblante
Quand l'aile du zéphyr s'y balance inconstante.
La prière autrefois avait béni ces champs;
Les esprits de l'Eden y volaient au printemps,
Sous ces dômes de fleurs, ces tentes de feuillage
Qu'au luxe des palais préférait le vrai sage.
Une source argentine, image de son cœur,
Qui toujours de la paix posséda le bonheur,
Toujours pure y jaillit; la colombe timide
Baigne son col de neige à cette onde limpide.
Comme se courbe un lys fatigué par trop d'eau,
Peut-être en se courbant sous ce tendre rameau,
Des vierges, blanches fleurs, mais fleurs trop éphémères,
Fléchiront sous le poids de tristesses amères,
Et le jour que d'hymen sera béni l'anneau,
Peut-être deux époux au pied de ce tombeau,
Recevant de l'amour une chaste caresse,
D'aimer comme Beaucis se feront la promesse,
Et parmi les cyprès cueilleront quelques fleurs.
Qu'ai-je dit? et pourquoi de profanes couleurs
Dans un pieux tableau? Que le calme des ombres

Voile aux mortels le deuil de ces vastes décombres!
L'astre aux flots de saphir se dérobe et s'enfuit
Soüs le bandeau d'azur qui prélude à la nuit.

Mais quel autre spectacle? une rade inconnue,
Une forêt de mâts à l'immense étendue
Se déroulent soudain éclatantes des feux,
Des fanaux balançant leurs globes lumineux.
Là l'étendard sacré qui racheta la terre,
L'arbre du Golgotha, sceau du plus grand mystère
Que jamais les humains puissent voir s'accomplir,
Le signe du salut, sceptre d'un Dieu martyr;
Sur tous les mâts s'élève, et le croissant s'incline.
Au front des minarets, seule, la croix domine.
Les enfants d'Ismaël ont salué la croix,
Le testament du Christ est leur table de lois;
La France tient sur eux l'évangile et l'épée,
De toutes les vertus agrandit l'épopée,
Aux triomphes des arts, aux guerriers immortels,

Consacre un obélisque au vrai Dieu des autels,
Et l'histoire arrachant à l'oubli d'épais voiles,
A de son burin d'or écrit sur les étoiles:
« L'ange de la mort plane au-dessus du berceau,
« Et l'ange de l'espoir veille au bord du tombeau! »
Ce météore passe, et je poursuis ma route
En contemplant du ciel l'étincelante voûte,
Comme on prête l'oreille aux suaves concerts
Sur Zéphyr envolés ou perdus dans les airs.

L'ANGE DU ROI.

Pure comme une fiancée et triste
cependant comme une veuve.
L. DUREAU.

Pauvre vieux roi, clos ta paupière,
Dors sous la garde d'une enfant !
Je n'ai d'arme que ma prière,
Mais c'est un glaive bien puissant.
Tu dors, je puis verser sans crainte
Ces larmes qui brûlaient mes yeux.
Protégez Raoul, vierge sainte,
Il n'a reçu que mes tristes adieux.

Amour, guirlande déflorée
Presqu'avant de s'épanouir,
Comme je t'ai long-temps pleurée,
Combien j'aime ton souvenir!
Il était noble et beau, mon page,
De longs yeux noirs, de blonds cheveux,
Un front pur, un pâle visage,
Et pour jamais je lui fis mes adieux.

Il est beau, mais le roi de France,
En proie à d'amères douleurs,
N'a que moi pour toute espérance,
Mon doux chant pour sécher ses pleurs.
Bientôt l'amante solitaire
Qui toute à ce devoir pieux,
Voulut t'oublier sur la terre,
O mon Raoul, ira t'attendre aux cieux!

Isabeau régnait dans l'orgie,

Quand le bruit d'un divin concert
Arracha la coupe rougie
Aux convives bardés de fer.
Et puis quelque vierge chrétienne
Vit, à travers les chœurs pieux,
Monter la forme aérienne
Du jeune lys qu'ils emportaient aux cieux !

CHANT A LA VIERGE IMMACULÉE.

1.

Débordez des sacrés portiques,
Hymnes de joie, pieux cantiques,
Répondez aux voix du clairon,
Aux chants des vierges de Sion,
Qui, sous les voûtes éternelles,
Rendent des graces solennelles
Au cœur, au sein immaculé
Où l'Homme-Dieu s'est révélé;
Par mille concerts de louanges
Bénissez la reine des anges.

II.

Dieu dans ton arche incorruptible,
Descend sous la forme visible,
S'incarne en ton sein virginal,
Pour nous laver du premier mal.
Celui de qui la voix féconde
A du néant tiré le monde,
D'un rayon d'immortalité
Illumina ta sainteté.

III.

Gloire à ce mystère ineffable,
A cette Vierge incomparable,
Pure de toute éternité,
Vierge après la maternité,
Vierge avant, Vierge inexprimable!
Ainsi la voix des saints docteurs
Planant des suprêmes hauteurs
Où s'assit l'apôtre Saint-Pierre,
Au nom du Dieu très-haut la proclame à la terre.

RIEN.

Un mot quelquefois *bien*,
Quelquefois mal est *rien*.
S'il loge à l'escarcelle,
C'est fort triste nouvelle;
J'en plains les débiteurs.
Et je plains les buveurs
D'infortune pareille,
S'il est dans leur bouteille.
Un pauvre tend la main,
On lui dit: « *Je n'ai rien.* »
Du créancier qui presse,
Débiteur en détresse,
Dit: *Rien*, pour tout mot.

Mais c'est le mauvais lot.
Un malade se plaint,
Le médecin survient,
Aussitôt il propose
Ou rien ou peu de chose,
Et l'on croit que demain
Le malade ira bien;
Le mal en cette affaire,
C'est qu'on voit le contraire.
En amour peu *certain*,
Entre certains époux
Il est soir ou matin
Un mal, un feu jaloux
Qui s'allume de *rien*.
Pour guérir, le moyen
C'est longue patience
Ou remède du temps
Pour les moins clairvoyants.
Si d'un regard malin
Un joli petit *rien*,
Un trait vient vous atteindre

Ce trait n'est pas à craindre;
Laissez-en revenir
Vers vous le souvenir,
Ce *rien* est ce que cause
Le parfum d'une rose.
Rien est le sentiment
Qu'auprès d'un ignorant
Et d'un fat on éprouve.
Rien est ce que l'on trouve
En lisant maint écrit
Où l'on cherchait l'esprit.
Si ces rimes nouvelles
A l'esprit trop rebelles
Ne vous plaisent en *rien*,
Vous me surprenez *bien*,
Car, ce qui touche ou passe
Par la main d'une grace
S'embellit, et l'ennui
Loin de chez elle a fui,
(Sans y laisser de trace)
N'y trouvant point de place.

COCO.

Ne prenez pas pour rococo
Ces petits couplets sur coco.
Le coco fait plus d'une chose;
Il tourne, il se métamorphose.
Coco n'est-il pas un bijou,
Un doux caprice, un vrai joujou,
Lorsque ce petit mot s'adresse
De soupirant jeune à maîtresse.
Mais le dit-elle à son vieillard?
Mon *coco* n'est plus qu'un canard.
Coco se vend, parfois se donne
A des amis, à la mignonne.

Dans Paris le lait de coco
Se fait toujours avec de l'eau
Mise en société de reglisse.
Partout ce lait de coco glisse,
Coule, se vend dans les chantiers,
Se boit dans tous les ateliers,
Court tous les quais et les boutiques,
En été, les places publiques.
De coco partout l'on entend,
Au mois d'août le petit marchand,
Faisant bien ou mal son affaire,
Selon qu'on vide son grand verre.
On voit en cent meubles divers
Coco parcourir l'univers.
Il prend dans des mains gracieuses
Toujours cent formes précieuses;
Il court, il passe, il se produit
De cent façons avec esprit.
Tantôt à quelque main pieuse,
Du ciel sainte ambitieuse,
Il s'attache en long chapelet,

Et tantôt par un bracelet,
Il pare une simple bergère
Plus long-temps que fleur passagère.

LES FLEURS.

De vous parler chacune est empressée:
Le souvenir revit d'une pensée,
Le myrthe vert respire un pur amour,
L'espoir sourit dans l'iris demi-close,
Tendre amitié fleurit dans l'olivier,
La beauté brille, éclate dans la rose,
L'art des Sapho s'entoure des lauriers.
Enfant gentille, encor naïve,
Ton pied léger vole en pas de zéphyrs,
Fuis le danger comme la sensitive,
Que le pavot endorme tes désirs!
Les vains soucis empoisonnent la vie,

Du lys superbe évite la fierté;
Préfère-lui la fleur de la prairie,
Son frais parfum et sa simplicité.
Vois la parure et l'orgueil des plus belles,
Un seul soleil fane leur incarnat.
Sans les vertus, sans les graces fidèles,
De toute femme ainsi se fanerait l'éclat.

RÉPONSE

A DE CHARMANTES DEMOISELLES QUI M'ONT APPELÉ POÈTE.

A. MM^lles L. M., C. P.

Vous m'avez trop flatté; vous m'avez poliment
Du beau nom de poète
Par deux fois appelé; mais c'est par compliment.
Jamais de l'Hélicon
Je n'ai gravi le faîte,
Ni n'ai vu l'horizon.
Du céleste oratoire

Des filles de mémoire
Oserai-je approcher?
A leur lyre toucher?
Oh! non; veuillez m'en croire,
Le cœur vaut mieux que gloire.
Mais j'oserai chanter, des graces, de l'esprit
Le cortége élégant qui sur vos pas sourit;
Car le parfum de la vie,
De l'amour, de la poésie
S'épanouit en mille fleurs
Qui sont le bouquet de vos cœurs.

A MLLE CLÉMENTINE.

Dans votre nom est la clémence,
Dans votre sexe est la douceur,
Et dans votre âme est l'indulgence
Que demande mon pauvre cœur.
Accueillez donc ce simple hommage,
De ses regrets ce témoignage.
Car c'est demain que, sous mes yeux,
Passeront de sombres nuages,
En quittant ces tranquilles lieux
Qu'ornaient de si douces images.
Mais sur l'aile du souvenir,
J'y viendrai goûter le plaisir.

Je reviendrai gravir ces pentes,
Au pied des cascades bruyantes,
A l'ombre de ces ormeaux
Qui se penchent sur les ruisseaux,
Sur l'onde où la jeune bergère
Vient parfois d'une main légère
Après ses beaux cheveux flottants
Rattacher un nœud de rubans.....

RÉPONSE

A UN COMPLIMENT DU PREMIER DE L'AN.

Les vœux que vous m'offrez sont à mon pauvre cœur
Comme un souris d'amour de l'ange du bonheur.
Votre âge est couronné des fleurs de l'espérance,
Et le mien est semé des fleurs de souvenance.
Aussi voyez les vœux que, charitablement,
J'ose faire pour moi, mais, hélas! vainement
Je voudrais remonter le fleuve de la vie,
Pour boire plus long-temps la suave ambroisie
Qu'avec vous l'amitié, si pleine de douceur,
De près comme de loin, toujours verse en mon cœur.

LA VISITE D'UNE DAME

A MONTÉGUT-SÉGLA.

Votre course en ces lieux, visite passagère
A l'onde de Ségla, naïade solitaire,
Laisse un doux souvenir, comme un beau jour au soir,
Un printemps qui s'enfuit, un regret, un espoir;
Et de vous y revoir à la saison prochaine
Nous formons tous le vœu ; soyez-nous donc humaine.

MES ADIEUX A AULUS.

I.

Adieu, poétiques montagnes!
Vallons d'Aulus, bois verdoyants!
Bois où Flore et ses compagnes,
A l'abri des tièdes autans,
Versaient des flots de rêverie,
Et de rosée et de fraîcheur,
Sur le gazon de la prairie,
Quand les parait certaine fleur.

II.

Adieu, Naïade, bonne mère,
Qui, sensible aux maux de nos corps,
Leur verse l'onde salutaire
Pour les ravir aux sombres bords!
Que ne peux-tu ravir de même
A l'âme ses longues douleurs,
Et ses jours de tristesse extrême,
Et ses tourments et ses langueurs.

III.

Adieu, romantique colline,
Bois dont les contours enchanteurs,
Déroulant leur grace divine,

Invitaient trois aimables sœurs
A folâtrer sur la verdure,
Pour découvrir, comme au printemps,
Sous leurs rideaux et leurs tentures,
Les décors parfumés des champs.

IV.

Adieu, voix flexible et sonore,
Mélodieux et pur accent,
Dont retentit mon âme encore,
Dont j'écoute un refrain mourant!
O douce voix qui nous fit dire:
Encore un hymne d'Amphion!
Encore un écho de sa lyre,
Une pensée, un air, un son!

V.

Adieu, concerts, adieu, romance,
Adieu, propos, regards flatteurs.
Adieu, modèle d'élégance,
Adieu, couronne des neuf sœurs.
Parfums dont mon âme ravie
Garde à jamais le souvenir.
Adieu, bonheur! adieu, ma vie!
Plus ne verrai si doux loisir!

VI.

Adieu, promenades champêtres,
Course et chasse à travers les bois,

Ces douces pentes et ces hêtres,
Avec maints chevaliers courtois,
Escortant des groupes de graces
Qui, comme un ravissant bouquet,
Emaillaient les hautes surfaces
Et les clairières du bosquet.

VII.

Adieu, cascade bouillonnante,
Qui mêles les gémissements
De ta vague retentissante
Au bruit de la foudre et des vents.
Au pied de tes sommets sublimes,
S'est élevé mon œil flottant;
Mais sur d'autres beautés intimes
Il s'est reposé doucement.

VIII.

Adieu, danses, rondes joyeuses,
Où tour-à-tour en fredonnant,
Chacun de la troupe rieuse
Du choix eût l'embarras charmant !
Adieu, trop espiègle avalanche
Qu'en franchissant certain ruisseau,
Gracieusement quelque main blanche
A fait pleuvoir sur mon chapeau !!!

LA PERLE DE BISCAYE.

A DONA ISABEL DE H.

Negra y hermosa.

J'ai vu de longs yeux bleus comme ceux des archanges,
Des yeux noirs qui jetaient en effluves étranges
Le reflet de leurs feux.
Mais jamais, parcourant la Grèce ou l'Italie,

Je ne vis tant de flamme et de mélancolie
Qu'au velours de vos yeux.

J'ai vu souvent passer pendant l'heure d'attente
Au boulevart de Gand, aux plages de Sorrente,
Au Lido de Venise où, palpitant d'espoir
Et tout jeune homme alors, je croyais aux chimères,
Aux serments éternels des amours éphémères
Eteints avant le soir.

J'ai vu, dis-je, passer la forme enchanteresse
De corsages charmants qui luttaient en souplesse,
En contours fiers et doux,
Mais jamais je ne vis silhouette adorée
Passer, soir ni matin, plus fine et mieux cambrée
Que votre taille à vous.

Laissez, laissez au vent flotter votre mantille,
Les merveilles de Dieu sont faites, jeune fille,
Pour enchanter nos cœurs;
Il a voulu parfois sur nos routes poudreuses
Laisser d'un séraphin les traces radieuses
Qui calmaient nos douleurs.

*

Je ne sais plus flatter et, vous pouvez m'en croire,
Des mensonges d'amour j'ai perdu la mémoire
A force de souffrir.
Pélerin sans repos, je ne suis plus qu'une âme
Un fugitif échos que ce doux nom de femme
Fait encor tressaillir !

Ce que je vous demande à vos heures oisives,
Quand vous épancherez les notes fortes, vives,
Prélude harmonieux,
Sur le clavier sonore ou, changeant de visage,

Si jusqu'à votre front s'élevait un nuage,
Penser sombre ou pieux,

Ou quand vous implorez aux pieds de la madone,
Votre rosaire en main, les graces qu'elle donne
A l'enfant plein de foi,
C'est qu'un instant alors, dégagé de la terre,
Votre bon souvenir, doux chant, larme ou prière,
Revienne jusqu'à moi!

Bilbao, juin 1854.

SUR LA MONTAGNE.

…………… C'est un Klephte à l'œil noir
Qui l'a prise et qui n'a rien donné pour l'avoir.
V. Hugo.

Brune aux yeux de saphir, douce étoile, ô ma vie,
Sur la haute montagne où je règne avec toi,
Hardi contrebandier, chaque jour je défie
Le cri de la tempête et les soldats du roi!
C'est que long-temps, pélerine et souffrante,
Mon âme a traversé la foule indifférente
Et que tu m'aimes, toi!

Ne porte pas envie aux perles de la reine,
A sa couronne d'or, à ses mantes d'azur,
Elles ont moins d'éclat que les tresses d'ébène
Qui baignent à longs flots ton col d'albâtre pur.
Mon cœur, vois-tu, c'est une sombre lyre
Qui, sous ta blanche main, ou frémit ou soupire,
Et je pleure avec toi.

Quand la lune au ciel bleu, vierge à demi-voilée,
Nous verse doucement ses tremblantes lueurs,
Que chaque rossignol s'endort dans la vallée,
Rêvant à ses amours, à la rosée, aux fleurs.....
Ta voix alors, ma colombe innocente,
Murmure au Dieu très-haut quelqu'hymne ravissante
Et je prie avec toi.

EN LUI DEMANDANT UN FEUILLET ÉCRIT DE SA MAIN ET TOMBÉ DE SON LIVRE D'HEURES.

A l'étranger passsant dans vos jours comme une ombre
Que le flot pour jamais emportera demain,
Donnez ces vers éclos sous votre blanche main,
Car ils rayonneront à travers sa nuit sombre.
Et si bien loin, bien las, il venait à s'asseoir,
Fouillant tout son passé pour y trouver un rêve
Qui puisse à sa tristesse apporter quelque trêve,
Il vous dirait: Salut! douce étoile du soir!

LE TORRENT.

TOUR DE VALSE.

Plus bondissant qu'un torrent
Vois mon cœur, brune enfant,
Soulever ma poitrine,
Alors que d'un bras crispé,
Par la valse emporté,

Sur ton sein je m'incline.
Ma Perdita ! prends ma vie,
Mon beau démon d'Andalousie,
Ma coupe où je bois la folie,
Comme un nectar empourpré ;
Que tes yeux brûlent mon âme
Et que mon rêve de flamme
Me laisse, s'il doit finir,
Sans penser ni souvenir !

LA LETTRE.

Quel prodige ! l'ouvrage
D'une ligne, une page,
La lettre, en un moment,
Franchit, comme le vent,
Efface la distance,
L'éloignement, l'absence.
N'est-elle pas soudain
Une étreinte de main
Par-dessus les montagnes ?
Au travers des campagnes,
Un baiser ravissant,

Un regard caressant?
C'est l'invisible chaîne
Des mondes et la reine!
Sans les montrer d'abord,
Comme Janus encor,
La lettre a deux visages,
Selon les personnages.
Elle garde un secret,
Est discrète, se tait,
Ou se montre bavarde,
Légère et babillarde,
Disant tout nettement
Ou rien absolument.
Echo du bruit de l'âme
Ou reflet de sa flamme,
De l'esprit tendre fleur
Ou doux parfum du cœur;
Parcourez du regard
Vingt lettres au hasard;
Remarquez: la première
Est la lettre d'affaire,

L'une d'affection
Ou d'invitation,
L'autre provocatrice
Vous appelle à la lice;
Celle-ci rit au cœur,
Y répand la fraîcheur,
Nomme au soldat sa mère,
Le vallon, la chaumière;
Celle-là, du pays,
Du foyer, des amis
A l'exilé fidèles
Raconte des nouvelles,
Et verse un peu de miel
Dans sa coupe de fiel.
De l'un à l'autre pôle
Ce sphynx de papier vole,
Y porte le bonheur,
La joie ou la douleur,
La crainte ou l'espérance,
La ruine ou l'opulence.
Mais ces lettres pourtant

Avaient en débutant
Même physionomie
Et même bonhomie,
Le même pli discret
Et le sceau du secret.
Sérieuse ou légère,
L'aimable messagère
De peine ou de plaisir
Vous fait-elle bondir?
Vous oubliez la lettre,
Le lendemain peut-être
Vous la laissez courir,
S'égarer, dépérir.
Vous la jetez dans l'âtre,
Dans le brasier rougeâtre,
Où l'écrit grimaçant
Se tord, et s'enflammant,
Disparaît et s'efface.
Là bientôt plus de trace.
Non, non, regardez bien,
Il n'en reste plus rien.

Ainsi d'une main chère
Sur l'écorce légère
Hier deux chiffres écrits
Sont maintenant détruits.
Ainsi quand vient descendre
L'amour dans un cœur tendre,
Il jure à la beauté
Ardeur, fidélité;
Mais du cœur ce mensonge
S'échappe comme un songe,
Et ses feux si brûlants
Meurent avec le temps.
Cette flamme sacrée
N'a qu'un jour de durée;
Ainsi, comme le vent,
Ecrits, propos, serment
Et lettre bien aimée,
Tout s'envole en fumée.

LES LARMES DE LA FIANCÉE (*).

La jeune Hollandaise a bien promis sa main ;
Mais at-elle au bonheur enchaîné son destin ?
Comme un prélude heureux, comme un signal de joie
Quelques jours à l'avance, aux parents elle envoie,
De l'hymen les présents,
Cadeaux et compliments ;
De par l'aimable belle,
L'hypocras, la canelle

(*) On appelle ainsi en Hollande les liqueurs et autres cadeaux que la fiancée envoie à ses parents et amies, dans la semaine qui précède son mariage.

Circulent en flacons de guirlandes ornés,
De rubans et de fleurs avec goût couronnés.
Pour les époux ce Dieu, demain, va faire éclore
Le jour le plus brillant, la plus riante aurore;
Les roses et le myrte à leur front vont s'unir;
Puissent ces tendres fleurs ne jamais se flétrir!
Tributaire empressé du Dieu de la tendresse,
Un cortége élégant de grace et de jeunesse
Se hâte au couple heureux de faire les honneurs,
De semer sur ses pas à pleines mains les fleurs.
Pour l'épouse ce jour a mille et mille charmes,
Et cependant la veille elle versait des larmes.
Mais ces larmes d'un jour,
De l'hymen le bonjour
Préludant à sa fête, en des flacons versées,
Sont chez les Hollandais, larmes des fiancées.

A MA REGRETTABLE FILLE.

De mon printemps, ô fleur chérie,
Espérance de la prairie !
Déjà de tes boutons naissants
Montait au ciel le doux encens.
Déjà, l'aurore matinale
Dorant ta tête virginale,
Suspendait, à ton front si beau,
De perles un brillant réseau.
Au souffle embaumé du zéphyr,
A peine osait encore s'ouvrir

Ton calice d'or et d'albâtre,
Qu'on le voit par l'orage abattre.
Telle une trombe en sa fureur
Semant dans les champs la frayeur,
Livrant au plus affeux ravage
De la colline le feuillage,
Le mêle aux débris du gazon
Jetés au loin par l'aquilon,
Pourquoi de ta fraîcheur si pure,
Et de ta beauté sans parure,
Pourquoi l'ouragan furibond
A-t-il dépouillé le vallon !
O fleur, que le ciel fit éclore
Ne verras-tu plus d'autre aurore ?...
Adieu !!! le vallon est désert.
Pour moi d'un éternel hiver
La neige a blanchi la colline,
Mais, ô fleur, ma rose divine,
Pour toujours désolé, mon cœur
Garde ton parfum, ta douceur;
En vain, mes yeux remplis de larmes.

Dans le vallon cherchent tes charmes,
Le val a perdu sa fraîcheur,
Et ma rose n'a pas de sœur.

ROMANCE.

I.

Ce qui me plaît dans ces vallons,
Ce n'est pas la belle verdure,
Ni des oiseaux douces chansons,
Ni des ruisseaux le frais murmure,
Ce qui me plaît, ce que j'admire,
Ce n'est pas la fraîcheur des eaux,
C'est la candeur de ton sourire;

Ce qui me plaît, c'est votre voix,
C'est votre clavier, votre lyre,
Qui, sous le charme de vos doigts,
Captive, attendrit, trouble, inspire,
Et dont je rêve, émerveillé,
Tout éveillé.

II.

Ce qui me plaît, me rend heureux,
Ce n'est pas la superbe tête
De ces pics au front sourcilleux
Bravant la foudre et la tempête,
Ce n'est pas l'horizon vermeil
Et l'écharpe que ceint l'aurore
Quand sur nos cîmes le soleil
De son premier rayon les dore;
C'est votre front si gracieux,

Votre svelte désinvolture.
Le magnétisme de vos yeux,
C'est de votre esprit la parure,
C'est votre trésor de bonté,
Votre gaîté.

III.

Ce qui me plaît, comme un priutemps,
Ce n'est pas, Aulus, ta Naïade,
Dont l'urne épanche en diamants
Les blancs trésors de sa cascade,
C'est vous, alcyons voltigeants,
Anges de fraîcheur et de grace,
O vous, les roses du printemps,
Qui les semez sur votre trace;
C'est votre abord plus attrayant
Qu'un doux zéphyr qu'on sent à peine,

Lorsque de son vol caressant
Ou de sa fugitive haleine,
Il glisse, léger et courtois,
Dans les bois.

IV.

Ce qui me plaît dans ce vallon,
C'est vous sous des flots de résille,
Lorsqu'effleurant le vert gazon,
Vous disputez à la charmille
Ses guirlandes et ses festons,
Les spirales des clématites,
Et les cloches des liserons,
En effeuillant les marguerites,
Pour en tresser élégamment
A ma musette une guirlande
Dont votre main si gentiment

A daigné m'apporter l'offrande,
Charmant bouquet où va fleurir
Doux souvenir.

IMPROMPTU.

LES PETITS OISEAUX PRIS À LA CHASSE, EN COMPAGNIE DE JEUNES ET JOLIES DEMOISELLES.

Ils chantaient comme vous,
Voilà la ressemblance;
Ils volaient loin de nous,
Et l'on vole vers vous,
Voilà la différence.

LES EMPRUNTS.

I.

De loin et d'alentour,
De tous côtés on court,
Aux emprunts on travaille.
Petit homme au soulier
Emprunte de la taille.
Mais le Français guerrier,
Dans aucune rencontre,
N'emprunte à ses talons,

Jamais il ne les montre;
Sous le feu des canons,
En avant il s'élance
Et, le feu lui manquant,
Il emprunte à sa lance
Et fond comme un torrent.

II.

Romanciers et rhéteurs
Empruntent aux brodeurs;
Tandis qu'un légendaire,
Pour fleurir son écrit,
A son secrétaire
Emprunte tout l'esprit.
En disant qu'il apporte
Ses projets et ses plans,
Un architecte importe

De lointains monuments.
Plus d'un carrossier loue,
Pour neuve même il vend
Plus d'une vieille roue,
Voilà l'emprunt roulant.

III.

Au costume imposant
Magistrat ignorant
Emprunte la science;
A sa robe, dit-on,
Se fait la révérence.
Médecin docte ou non
Emprunte à son diplôme
L'étrange immunité
D'envoyer plus d'un homme,

De par la faculté,
Sur les bords du Cocyte
Maudire chez les morts
Esculape et sa suite,
Et tout l'illustre corps.

VI.

Le cauteleux marchand
Emprunte au fabricant,
A crédit prend, achète,
Se pourvoit amplement
De tout ce qu'on lui prête,
Comme sien le revend,
Et sans cesse déguise
Le prix, la qualité
De chaque marchandise.

Autre emprunt usité
Et qui coule sans peine,
C'est le cabaretier
Qui puise à la fontaine
Pour fournir son cellier.

V.

Sans art et sans atours,
La femme plaît toujours;
Pourtant à la parure
Elle emprunte à grands frais;
De la belle nature
Elle altère les traits,
Sous le vain étalage
D'un luxe décevant
Qui cache tout, hors l'âge,
Tout, excepté les ans,

Et cette exquise grace,
Ce trait que rien n'efface,
Quï du sexe est l'aimant,
Et le premier accent.

A MESDAMES

LA SUPÉRIEURE ET LES SŒURS DE SAINTE-MARIE DE NEVERS

DU PENSIONNAT DE SAINT-LYZIER,

A L'OCCASION D'UNE DISTRIBUTION SOLENNELLE DE PRIX.

Comme un jeune arbrisseau reçoit de la culture
Un parfum plus exquis, sous la fraîche verdure,
Un coloris plus vif, un port plus gracieux,
Un plus brillant reflet de la pourpre des cieux,
Comme de nos jardins, les fleurs, douces conquêtes,
Plus suaves qu'aux champs, brillent plus dans nos fêtes,

Sous votre habile main, ainsi ces tendres fleurs,
Beaux lys épanouis de grace et de fraîcheur,
Nous offrent les doux fruits dont la bonne culture
Peut orner, enrichir une heureuse nature;
Ces lys, ces tendres fleurs, sous vos yeux grandissant
Vers vous ouvrent déjà leur calice odorant,
Comme vers leur aurore; à vous ce pur hommage!
A vous ces frais parfums, prémices du jeune âge!
De vos généreux soins voilà le digne prix!
Dans la saison des fleurs, une moisson de fruits.
Hommage encore à vous, mères dont la tendresse
De ces enfants chéris protégeant la faiblesse,
Doucement se penchait au pied leur berceau,
Ainsi que la mésange aux brins d'un arbrisseau.

Pour veiller avec l'espérance
Et préparer cette semence
Que d'autres mains ont fait fleurir;
Ces mains vous savez les choisir
Comme on choisit une rose
Au milieu d'autres fleurs écloses.

Ecoutez ces enfants, vous dire avec candeur,

Vous répéter tout bas, avec la voix du cœur :
« Si le bonheur m'attend, ce sera votre ouvrage,
» Vos mains l'auront semé sur mon doux avenir,
» Mais si pour m'éprouver mon sort couve un orage,
» Votre jeune roseau cherchera du courage,
» En s'appuyant toujours sur votre souvenir ;
» Car vous êtes pour moi bien plus qu'une maîtresse,
» Vous êtes une mère, et vous serez sans cesse
» De mon frêle vaisseau, le guide et le soutien,
» Vous serez mon étoile et mon ange gardien. »

LES GUERRIERS FRANÇAIS.

Quelle plume pourrait dénombrer une fois
Les lauriers de tes fils, ô France, ma patrie !
Et pour boire à chacun de tes brillants exploits,
Quelle coupe, ô Bacchus ! ne serait pas tarie !

LA FOI.

Reflet de la clarté qui brille dans les cieux,
La foi qui nous les ouvre et les montre à nos yeux,
Comme l'oiseau qui chante en effleurant la branche,
A l'aube d'un beau jour ouvre son aile blanche;
La foi qui de la vie allume le flambeau
Au feu toujours brûlant, au feu toujours nouveau,
Astre du Golgotha dont la vive lumière
De ce monde inconnu perça l'ombre grossière,
Sur l'orageuse mer fanal consolateur,
La foi, parfum divin, baume de la douleur,
Qui sema, pour le ciel, ces poèmes en pierre,

Comme de blonds épis l'été dore la terre;
La foi qui du guerrier brûle, enflamme le cœur,
Lui fait donner sa vie à la gloire, à l'honneur,
Au saint tombeau la foi, prodige de puissance,
De tous points fait voler l'homme à sa délivrance.
Au signal de la croix, les ducs, les hauts barons,
Les serfs, les chevaliers, accumulent leurs dons,
Donnent et leur épée, et leurs biens et leur vie,
Et pour ce saint tombeau quittent tous leur patrie.
Une veuve, une mère offre ses trois enfants;
Voilà son seul trésor et voilà ses présents.
Ecoutez les adieux de cette pauvre mère!
Elle embrasse ses fils, elle oublie sa misère,
Elle les bénit tous; ils partent, et ses mains
Arment du chapelet ces vaillants pélerins....,
Constantinople voit la marche triomphante
Des phalanges du Christ, et le doge qui plante
L'oriflamme en vainqueur, debout sur le rempart;
ONDULE, doge aveugle, intrépide vieillard,
Par sept fois dix hivers sa tête est sillonnée,
Mais elle resplendit par la foi couronnée.

Voyez sa main noueuse et son bras toujours fort,
Son front majestueux qu'a respecté la mort ;
Admirez son ardeur, ses formes gigantesques,
De ce siècle de foi les maux chevaleresques,
Dites si dans ces jours l'héroïsme et la foi
Ne furent pas le culte et la sublime loi?

LA FEMME.

Qui dans son cœur élève un temple à la pitié,
Cette fidèle sœur de la sainte amitié?
De tant d'infortunés gémissant sur la terre
Qui ne se lasse pas d'éteindre la misère?
Qui veille sur nos fils pleurant dans le berceau?
Qui prie et se souvient au-delà du tombeau?
A travers les douleurs, les angoisses, les larmes,
Qui fait encor briller un souris, quelques charmes?
Par l'anneau des bienfaits, par le nœud des amours?
Qui sait vaincre les cœurs et les unir toujours?
Qui porte le miroir des graces de l'enfance,

De sa douce candeur, de sa fraîche innocence?
Qui sait épurer l'âme, y verser les plaisirs,
Le bonheur et la vie, en combler les désirs?.....
Par quelle heureuse main est sans cesse arrosée
De la fleur de l'espoir quelque tige épuisée?.....
O céleste colombe! ô femme! oui, c'est toi!
Dieu! j'en bénis ton nom et ta bonté, ta loi!

A Mlle E.,

LE JOUR DE SA FÊTE.

Au ciel vous possédez deux reines pour patronnes,
Vous obtiendrez d'en haut une de leurs couronnes;
Elisa, s'il suffit d'être reine ici-bas.
Que de droits à ce don, voyez, n'avez-vous pas?
        A vous est le sceptre des graces,
        Qui du temps brave les disgraces,
        A vous le doux sceptre du cœur,

Qui peut dominer sans rigueur,
Et ne craint pas pour son empire,
Le courroux d'un peuple ameuté,
Car sa force est dans un sourire
Doux symbole de la bonté.

LE CONTE.

I.

Fidèle ami de tous les âges,
J'amuse enfants, vieux, fous et sages;
Protée aux visages divers,
A mon gré, chaque jour, je bâtis l'univers.

II.

A moi la suprême puissance
De captiver la tendre enfance;

Je la caresse en la berçant
Dans un heureux enivrement.

III.

Sur ses genoux parfois la mère
De deux bambins, le soir, fait taire
La souffrance par mes récits,
Et céder la place aux doux ris.

IV.

Sylphe léger, enchanteresse,
Je transporte, à toute vitesse,
Le plus timide sur les mers,
Dans les étoiles, les éclairs.

V.

Aux chants des voix mélodieuses,
Dans les danses mystérieuses,
Je fais voler les farfadets,
Les chevaliers et les varlets.

VI.

Je suis la source inépuisable
Où va boire cet âge aimable
De l'enfance qu'on voit partir,
Mais qu'on ne voit plus revenir.

VII.

Comme on écoute les fontaines,
La brise des forêts lointaines,

On écoute, en pays divers,
Mes légendes et mes concerts.

VIII.

Mon aile glisse, aérienne,
Comme baiser, ou douce haleine
Sur une fleur, sur un front pur,
Lèvres de rose et yeux d'azur.

IX.

Sur des images mensongères,
Prismes aux couleurs éphémères,
Plus doux que la réalité,
Je promène l'œil enchanté.

X.

Du conte qui charma l'enfance,
Naît chère fleur de souvenance,
Lorsque les printemps les plus doux
Ont pour toujours fui loin de nous.

LES PUISSANCES DU MONDE.

Trois puissances, Thémis, la Fortune et l'Amour,
Gouvernent l'homme aux champs, à la ville, à la cour,
Qu'importe qu'un bandeau leur cache la lumière?
Ils conduiront nos chars errant dans la carrière.
D'obéir à leurs lois si tels sont nos destins,
Et si c'est là le sort des malheureux humains,
Oh! du moins préférons l'aveugle qui nous mène
Par le plus doux chemin et la plus douce chaîne.

LA CLOCHE DU VILLAGE.

I.

Quelle était douce l'harmonie
Que, joyeux, sous la tour bénie,
J'écoutais sonner le retour
De l'aube ou de la fin du jour,
A l'heure de l'humble prière,
Qu'à la vierge adressait ma mère.
Oh ! de mes ans ces heureux jours
Furent, hélas ! pour moi trop courts !

II.

Comme du clocher solitaire
La voix tintait douce et légère
Sous les efforts du vieux bedeau,
Ou des écoliers du hameau,
Pour les fêtes à la chapelle
A qui ma mère était fidèle.
Oh! de mes ans ces heureux jours
Furent, hélas! pour moi trop courts!

III.

Mais que triste fut la volée
Que jeta la cloche ébranlée,
Comme une plainte des vallons

Qui soupira du haut des monts,
Pour l'âme de ma tendre mère
Les suprêmes chants de prière.
Oh ! de mes ans les heureux jours
Furent, hélas ! pour moi trop courts !

IV.

Quand l'airain frappa l'agonie,
Quelle lugubre mélodie !
Et cet adieu : « Ne pleure pas ;
» Mets dans le ciel ton espérance
» Et de moi garde souvenance. »
Oh ! de mes ans les heureux jours
Furent, hélas ! pour moi trop courts !

V.

Depuis ce temps, l'airain sonore

Qui chante le soir et l'aurore,
De cet adieu porte à mon cœur
Un souvenir plein de douleur,
Et que je dorme ou que je veille
Toujours il tinte à mon oreille.
Oh! de mes ans les heureux jours
Furent, hélas! pour moi trop courts!

CŒUR BRISÉ.

Pleurer est doux, pleurer est bon souvent.
V. Hugo.

A vous donc qui savez ce que pèse la vie,
J'oserai bien souvent montrer mon cœur brisé;
Ensemble nous dirons, ma belle et douce amie,
Ce trésor de regrets par nous deux amassé.

Le monde vous ignore, âme, sœur de mon âme,
Il vous croit toute éprise et de valse et de fleurs;

Sous l'azur de vos yeux, il ne voit pas la flamme,
Sous votre gai sourire, il ne voit pas les pleurs.

Aux pieds de nos autels, amante solitaire,
Vous auriez pu goûter le bonheur, le repos.
Vous avez trop aimé, pour cette pauvre terre,
Pour ces cœurs plus changeants que les vents et les flots.

Un jour, vous me parliez du monde et de ses chaînes,
De Dieu, de son amour.... et j'ai lu dans vos yeux
Tant de douce pitié pour les douleurs humaines,
Enfant! que j'ai cru voir un exilé des cieux!

N'OUBLIEZ PAS.

N'oubliez pas le pélerin
Qui par les sentiers de la vie,
Le cœur lassé, l'âme flétrie,
Souffre et demande grace en vain,
Quand vous pleurez.

N'oubliez pas le rêveur sombre,
Fou par instants,
Qui va toujours poursuivant l'ombre,

Tout haletant,
Si vous rèvez.

N'oubliez pas surtout Marie,
Reine des cieux,
Etoile de la poésie
Et refuge des malheureux,
Quand vous priez.

L'ESPÉRANCE.

Quand l'aquilon mugit
Et que l'éclair jaillit
Sous le coup des tempêtes
Eclatant sur nos têtes,
Un ange, c'est l'espoir,
Aussitôt nous fait voir
Le ciel, et d'un sourire,
D'un regard semble dire:
« Voyez dans le lointain,
» L'horizon est serein;
» Voyez flotter la voile

» Et briller une étoile.
» La fleur de nos vallons
» Echappe aux aquilons. »
L'ange alors plein de grace
D'une aile nous enlace,
Et de notre demain
Dore encor le matin.

MARGUERITE AUX PIEDS DE LA VIERGE.

IMITÉ DE GOETHE.

Cujus animam dolentem
. . . .
Pertransivit gladius.
STABAT.

A vos genoux sacrés, toute pâle et tremblante,
O madone, je viens pleurer,
Car le sommeil a fui de ma paupière ardente

Et mon cœur ne sait plus prier,
Ce beau lys incliné que devant votre image
J'apporte, humble don de la foi,
Etait bien pur aussi, lorsque survint l'orage ;
Voyez..... il penche comme moi !
En contemplant ici votre sein que déchire
Sept fois le glaive des douleurs,
A l'heure où notre Dieu sur une croix expire
Abreuvé de fiel et de pleurs,
O sainte vierge, sainte mère,
Et votre doux regard aux chastes rayons d'or,
L'enfant abandonnée ose redire encor
Pardon ! ce grand cri du calvaire.

A MLLE H.

Comme un écho lointain des brises attiédies
Et des célestes chœurs aux vagues mélodies,
Quand la pâle Phœbé s'élançant dans les cieux,
Argente les châlets, les monts silencieux,
Comme un trille indécis qui trahit Philomèle
Sous les berceaux flottants de la feuille nouvelle,
Où d'invisibles mains sèment d'en haut les pleurs
Perles des frais gazons, trésors des tendres fleurs,
Un séraphique chant qui révèle la femme,
A frappé mon oreille et vibré dans mon âme,

C'est ta voix qui déroule en flots mélodieux
Les concerts ravissants des séraphins des cieux,
C'est des cordes du cœur une note sublime,
Un accent que nul mot, nulle langue n'exprime,
Un souffle cadencé, gracieux, ondulant
Comme la fleur au gré du zéphyr caressant.
Un son doux et léger comme le doux sourire,
Mobile comme un flot qui berce l'œil, l'attire;
Comme l'ombre du soir qui sur le bord riant
D'un paisible ruisseau s'allonge en serpentant,
Dans le ciel de ton cœur est la source bénie
De ces limpides flots, de ces jets d'harmonie.
Fauvette des concerts, sous les rameaux fleuris,
Chantes-tu le printemps ou tes amours chéris?
A la coupe des fleurs par l'aurore arrosée
Respire le parfum, bois le miel, la rosée!
Mais, hélas! as-tu dit: « Nuit et jour, mille fois
» J'invoque le bonheur; il est sourd à ma voix. »
Si tu chantes l'amour, crains-tu qu'il t'abandonne?
Oh! crois m'en, du bonheur l'amour est la couronne.
Vois l'aubépine en fleurs, on est heureux aux champs;

Aux cris de la fauvette, aux beaux jours du printemps
Le bonheur n'est pas sourd; il advient de lui-même
Et toujours il répond à ce doux mot : « Je t'aime ! »

LES TROIS AMOURS (*).

> Doutez de tout enfin, mais jamais de l'amour.
>
> AL. DE MUSSET.

A l'âge où tout fleurit dans l'âme et dans le cœur,
Où, comme au tronc du cep les sèves odorantes
Montent vers la pensée en langueurs enivrantes,
Des chants d'amour sans fin, des hymnes de bonheur,
J'ai souvent contemplé lorsque descendait l'ombre,
Cette page immortelle où l'artiste a tracé

(*) Voir au Musée de Toulouse le tableau célèbre de M. Boulanger, connu sous le nom des Trois Amours.

Les trois amours, le cœur, l'esprit, la volupté.
Béatrix, Angélique et Laure, et rêveur sombre
J'allais de l'une à l'autre et j'aurais bien voulu
Avec un seul regard embraser ces trois âmes.
Souvent je leur disais, avez-vous donc vécu;
Etes-vous, dites-moi, des songes ou des femmes.
L'amour est-il un rêve, un mensonge doré,
Dans le sein du poète un écho qui sommeille,
Qu'en passant votre main pour son malheur éveille,
Coupe qui fuit la lèvre et vous laisse altéré.
Or, un jour, sachez-le, de la toile divine,
Trois voix à mon oreille ont tour à tour parlé.
Ce qu'entendit l'enfant, l'homme l'a conservé
Comme un écho des cieux à qui prie et s'incline.

BÉATRIX.

Jeune homme; as-tu rêvé les délices des anges,

Une sœur azurée au sein de leurs phalanges,
Et de voler ensemble aux pieds de l'Eternel,
Et ta main dans sa main de contempler les sphères;
Et tes yeux dans ses yeux, las des joies éphémères
D'expirer pour renaître au bonheur immortel.
Vas, ne dis point ton rêve aux filles de la terre,
La vierge la plus pure en rirait de pitié,
Frère, l'amour c'est Dieu, chante son nom, espère,
Souffre et n'aime ici-bas d'amour ni d'amitié.

LAURE.

Poète, ne crois pas dans le cœur de la femme,
Car la plus chaste a soif et faim de volupté.
Tes soupirs et tes pleurs vite éteindront ta flamme
Et tu t'éveilleras seul et tout attristé.
Quand Pétrarque enivré de mon moindre sourire,

Fou d'amour, pour avoir en passant effleuré
Le bas de mon manteau, me consacrait sa lyre,
Et jetait sur mon front un rayon enflammé,
Je me raillais tout bas de sa belle folie,
J'abandonnais ma main à ses baisers tremblants,
Mais je ne tremblais pas, il n'était pas ma vie,
Il n'était pas la voix dont les moindres accents
Font frémir et pâlir, et mourir s'ils s'éloignent;
Toi tu dois bien aimer l'ange aux ailes de feu,
La poésie, enfant, vois ses regards témoignent
Qu'elle ne peut tromper, elle est fille de Dieu!

ANGÉLIQUE.

A mon tour, j'oserai profane
Parler après mes nobles sœurs,
Et le front couronné de fleurs,
Je te dirai pourtant, fuis la fleur qui se fane.

Beau songeur, quand le sang bouillonne à ton cerveau,
Tu rêves mes yeux noirs et mon épaule blanche,
Ma taille souple qui se penche
Comme un Narcisse au bord de l'eau.
Oublieux un instant de ta muse étoilée,
Tu cherches le bonheur que promettent mes bras,
Poète, il ne te suffit pas,
Et moi sous tes baisers je demeure glacée !
A nous folles beautés, il faut des bras d'acier,
Une étreinte à la fois qui brise et qui transporte.
Arrière, pâle amant, j'aime mieux ce guerrier
Dont le cheval fougueux vient de heurter ma porte.

Et puis toutes en chœur ! Poète aime l'amour,
Rêve sans t'éveiller, le bonheur n'est qu'un songe.
Et leur voix s'éteignit et la clarté du jour
Vint dissiper ce radieux mensonge.

A MLLE L.,

QUAND ELLE PARTIT D'AULUS.

Te souvient-il qu'un jour, c'était un jour d'orage !
Sous ce ciel dans nos cœurs s'en vint fondre un nuage
Quand tu quittais Aulus, chacun de toute part,
Chacun de nous voulait éloigner ton départ.

Hélas! malgré nos vœux, tu repris la volée,
Délicieux oiseau qui charmais la vallée;
Enfant au souris d'ange, enfant qu'on voudrait voir
Du soir jusqu'au matin, du matin jusqu'au soir,
Colibri gracieux aux brillantes prunelles,
Comme tu t'envólas rapide, à tire d'ailes!
Comme un vent du matin, sans courber le rameau,
Glisse sur le feuillage ou l'onde du ruisseau.
Te souvient-il du tour que je mis en usage
Pour faire au lendemain remettre ton voyage?
De ta fraîche toilette un des ajustements,
Bien inutile atour à tes quinze printemps,
Dérobé par mes soins, c'était ta pélerine,
Te manqua tout-à-coup; sur ta taille divine
Je la revis flotter plus tard, mais quand ta main
En renouait les plis au lendemain matin,
Elle y trouva des fleurs qui, sous ce jaloux voile,
Se dérobaient aux yeux comme une belle étoile,
Elle en laissa tomber deux roses en boutons;
Quelle riche couronne a de pareils fleurons.
Moi je les recueillis et quelquefois j'y touche,

Comme aux grains du rosaire on voit le pélerin
Pour délasser son cœur attristé du chemin,
Dans un pieux transport parfois coller sa bouche.

AUX TROIS PETITS DE V.

UN JOUR DE FÊTE DE DIEU.

Sinite venire ad me parvulos.
SAINTS ÉVANGILES.

Que je vous aime, enfants, sous votre blanche robe,
Et qu'au Seigneur Jésus vous devez sembler beaux,
Votre âme est blanche aussi, pas un pli ne dérobe,

Sur votre front d'ivoire un bonheur en lambeaux.
Car de long-temps encor vous ne saurez la vie,
Et puis, si vous pleurez, vos chagrins sont charmants,
C'est un oiseau qu'on perd, ou bien dans la prairie
Votre agneau qui s'enfuit de vos bras carressants,
Mais il accourt bientôt, esclave volontaire,
Et vous riez alors avec les yeux en pleurs.
On dirait un rayon qui luit sur la bruyère,
Au travers de l'orage en perlant chaque fleur.
Il faudra bien pourtant qu'avec ce siècle infâme
Qui se dit grand et fort et n'est que vaniteux,
Dur envers les petits, vil aux pieds des heureux,
Pour vaincre ou succomber chacun mêle son âme,
Et vous, comme tout autre, enfants, ne pliez pas;
Redressez l'injustice, écoutez qui supplie,
Ne croyez qu'à Dieu seul, et si l'on vous oublie,
Quand vous aurez aimé; si vous êtes trop las
Avant la fin du jour, si pour vous rendre grace
De vos bienfaits chacun vous jetait à la face
Injure et trahison, haine et déloyauté,

Elevez vos regards vers le maître céleste
Et ne maudissez pas, mais prenez en pitié
L'aveugle et le méchant, car Dieu fera le reste.

LA SÉMILLANTE

PARTIE DE TOULON POUR L'ORIENT, LE 13 FÉVRIER 1855.

La voile se déroule et la brise est propice,
La Sémillante part, sur l'onde vole, glisse,
Porte vers l'Orient, sans brume à l'horizon,
D'intrépides guerriers un nouveau bataillon,
Un arsenal de feux, d'armes et de mitraille,
Et pour les mieux bénir jusqu'aux champs de bataille,
Un ministre de Dieu priant pour ces guerriers.
Etoile de la France, éclaire leurs sentiers !

Couvre-les de ton aile, ange de la patrie !
Que leur drapeau triomphe aux rêves de l'Asie !
Qu'il flotte rayonnant du laurier le plus beau !
Que de l'écueil perfide il sauve leur vaisseau !
Que d'un ciel toujours pur se couronnent leurs têtes !
O Seigneur ! à tes pieds enchaîne les tempêtes !
Mais sous l'écume au loin déjà la mer blanchit ;
Un vent fougueux se lève et la lune pâlit.
La plage a retenti sous l'onde qui bouillonne ;
En nuages épais le sable tourbillonne.
Au milieu de la nuit, l'indomptable ouragan
Jette contre un rocher le vaisseau frémissant,
Le bronze des combats pousse le cri d'alarmes ;
Une immense clameur de sanglots et de larmes ;
Des bergers de la côte, aux bords de Lorenzzo
Tout à coup a troublé le paisible repos.
Seuls ils ont entendu le râle des victimes,
Et le suprême adieu roulant sur ces abymes.
Des funèbres débris la côte en gémissant,
Comme d'un voile noir se revêt lentement.
Seul, mais muet témoin, le rôle d'équipage

De ces guerriers perdus dit les noms à la plage,
Et le drame parlant par le flot ameuté
Où tous trouvent la mort et l'immortalité.

LAURA LA BLONDE.

CANTILÈNE.

Sunt mundi rosæ breves.
Les roses du monde passent vite.
PSAUMES.

C'était Laura, la blonde enfant,
Qui par les prés, rieuse et folle,

Interrogeait chaque corolle
Des marguerites du printemps.
Toutes lui répondaient : Il t'aime !
Jamais ne couleront tes pleurs,
Mais quoi ! Laura, mourante et blême,
Tomba soudain parmi les fleurs.

La mort cachait, sombre jalouse,
Prête à percer ce corps si beau,
Comme un poignard sous un manteau,
Un noir serpent sous la pelouse.
Puis où l'enfant vint s'incliner
Des bergers creusèrent sa tombe,
Et chaque fille y fut pleurer,
Laura !..... ta beauté de colombe.

Et moi je dis : Ne pleurez pas,
Car elle est morte au sein d'un rêve,

Morte à la fleur de ses appas,
Et sans savoir que tout s'achève
Par l'abandon ou l'absence ici-bas.
Que la douleur poursuit sans trève
Sa route, et ne s'arrête pas.
Si vous l'aimiez: ne pleurez pas;
Vous qui l'aimiez... Ah! ne la pleurez pas!

BERTRAND DUGUESCLIN

A SEIZE ANS.

LÉGENDE BRETONNE.

Le clairon sonne au loin, et de tous les côtés,
Des cris des chevaliers, des pas précipités,

Des coursiers hennissants et des défis de guerre
De la vieille Armorique a tressailli la terre.
Le seigneur Duguesclin qui voit de son enfant
La juvénile ardeur pour la lutte et le camp,
Le retient prisonnier dans le donjon gothique,
Derrière les remparts de son castel antique;
Mais pour croiser le fer le fils impatient
Se suspend aux créneaux, et d'un bond s'élançant,
A gagné la prairie où la fière cavale
Hennit libre, indomptée; à la main martiale
Qui lui saisit les crins, plus prompte que l'éclair,
Elle obéit et vole, et sous ses pas dans l'air
En épais tourbillons fait jaillir dans la plaine
La poussière olympique. Il semble perdre haleine
Jusqu'au front du tournoi, où paraît à ses yeux
De son père un ami qui fut victorieux,
Mais aujourd'hui vaincu s'éloigne de la lice,
Portant la lance bas, de sa defaite indice.
Du chevalier vaincu soudain le noble enfant
A revêtu l'armure, et comme triomphant,

L'œil en feu, sur l'arène, en lion il s'élance,
Heurte du premier coup de sa terrible lance
L'écu du tenant d'armes, à la bande d'azur,
En signal de défi. Ce coup a porté sûr;
Le lutteur est mis bas; un autre se présente,
Mais du jeune héros la lance frémissante,
Mesure, presse, atteint le courageux rival,
Et détache son casque; à ce coup sans égal
La main du noble amour et la main de Bellone,
Vont ceindre son beau front d'une double couronne
Mais tout bardé de fer se jette au même instant
Dans l'arène en émoi le troisième tenant.
Sa taille, son maintien, son casque formidable
Tout annonce en ce bras un lutteur redoutable.
O prodige inouï! le généreux vainqueur
Baisse sa haute lance, incline sa grandeur,
Se proclame vaincu, tombé sur la poussière.
Mais bientôt le héros relève sa visière,
On reconnaît le fils, le vainqueur de seize ans,
Et le prix du combat fêté par mille chants
Pare le digne enfant qui sur le front du père,

Dépose ces lauriers cueillis dans la carrière.
A ce touchant hommage applaudit le tournoi,
Et le nom du héros retentit mille fois.

LES MŒURS ET LES LOIS.

BOUTADE.

Qui régit les humains, qui gouverne le monde?
Sur les lois et les mœurs tout se règle et se fonde.
D'un grand peuple les mœurs peuvent changer parfois:
Les préceptes divers, les règles et les lois,
Et les lois à leur tour, inclinant leur puissance,

De l'usage et des mœurs subissent l'influence,
L'un par l'autre tantôt on les voit s'affermir,
S'appuyer et tantôt se détruire, et fléchir,
Les lois que, pour combattre et guider la nature,
Dieu grava dans le cœur s'effacent à mesure,
Que d'un vain charme épris notre cœur se flétrit,
Et qu'esclave des sens, la loi cède, obéit,
De dégrés en dégrés sur la pente indécise,
Glisse de la rudesse à la simple franchise,
Sans essayer de vaincre un obstacle léger,
Sans tenter un effort, sans braver un danger.
Ainsi, des passions qu'elle ne peut contraindre,
La loi se fait l'esclave, et l'homme a tout à craindre,
Dans son cœur énervé, languissant, abattu,
Il ne sent plus de force et de mâle vertu;
De faiblesse en faiblesse, il franchit la distance,
Et de la liberté descend à la licence.

L'autorité romaine est bien loin de nos mœurs;
De là quelle distance à nos timides cœurs!

Du père envers le fils ce pouvoir sur la vie,
Sur la mort, à nos yeux est une barbarie.
Quand sur les bords du Tibre allumant des tisons,
L'anarchie agitait sa torche et ses poisons,
Le fils de Fulvius osa déserter Rome
Pour suivre le drapeau des conjurés, d'un homme
Tel que Catilina; mais le père a parlé,
Le fils à cette voix, soumis, et rappelé,
Aux genoux paternels tombe comme un coupable,
Et reçoit de la mort l'arrêt inexorable.

De toute nation le nœud le plus puissant,
Est le nœud filial, le respect de l'enfant;
Que cette autorité soit un jour méprisée,
Qu'impunément sa loi soit par le fils lésée,
La révolte est partout; et ses feux effrayants
Qui peut les étouffer? et ces affreux torrents
Qui les enchaînera? la puissance du père,
Qui grava dans son cœur la crainte salutaire

Du courroux paternel. La sagesse des mœurs
L'honnêteté publique ennoblissent les cœurs,
Et donnent à la loi, même la plus austère,
Un cortège, une égide, une arme tutélaire.

LE BATON.

I.

A pleine voix on a chanté
Les conquêtes, la liberté,
L'amour et ses fleurs passagères,
Les bois et leurs nymphes légères.
Sur le bâton, tout bonnement,
Moi je m'appuie en cheminant,
Et je fuis le bâton de cage,
Mais je cherche le doux feuillage.

II.

Je n'y mets jamais de façon,
J'ignore le tour du bâton!
Et du bâton de girouette!
Non, non jamais je ne regrette
L'étrange appui que de tout temps
Partout il prête à maintes gens.
Et je fuis le bâton de cage,
Mais je cherche le doux feuillage.

III.

J'use peu du bâton de gant,
Mais j'aime celui de Saint-Jean,

Et le bâton qui plus me touche,
Est quand il se fond dans ma bouche,
Celui de Jacob, qu'aux amours,
Aux amis on offre toujours,
Et je fuis le bâton de cage,
Mais je cherche le doux feuillage.

IV.

Je vois que sur aucun bâton,
On ne s'appuie avec raison,
On ne marche avec assurance,
Comme sur le bâton de maréchal de France.
Aussi ces bâtons-là, jamais dans aucun cas,
Jamais on ne les jette, on ne les brûle pas.
Et je fuis le bâton de cage,
Mais je cherche le doux feuillage.

A Mme LA SUPÉRIEURE

DE SAINTE-MARIE DE NEVERS, A CAHORS.

IMPROMPTU.

De vos saintes vertus vous recueillez d'avance,
Dans ce monde, le prix, la digne récompense ;

Des anges et du ciel vous avez la douceur,
Et vous faites pour moi le vœu d'un tel bonheur.
Mais quand l'homme ici-bas, près de lui voit des anges,
Il se croit dans le ciel, au sein de leurs phalanges.

A MLLE LAURE.

ACROSTICHE.

La beauté dont le ciel embellit ta figure
A l'art n'emprunte pas sa frivole parure,
Un air, je ne sais quoi qui gate la nature,
Rose du doux printemps tu brilles sans apprêts,
Et sans les étaler tu montres tes attraits.

AU RÉVÉREND PÈRE LAVIGNE,

JÉSUITE,

QUI A PRÊCHÉ AVEC UN IMMENSE SUCCÈS A SAINT-MARTORY, A L'OCCASION DE LA FÊTE DE LA BIENHEUREUSE GERMAINE COUSIN, PENDANT QUE LE CHOLÉRA SÉVISSAIT CRUELLEMENT DANS LES ENVIRONS.

Benedictus qui venit in nomine domini.

Du fléau destructeur quand l'air au loin frémit,
La main que tu nous tends est la main qui bénit,

Quand près de nous la foudre tombe,
Ta main c'est la blanche colombe,
De son rameau vert effleurant
L'affreux roulis de l'Océan.
Ta voix, ta magique parole
C'est la voix du Dieu qui console,
Du roi psalmiste c'est le chant,
De sa harpe un frémissement.
Quand du haut des sources sacrées,
Sur mille têtes altérées
Tu fais au loin, à larges flots,
Jaillir les salutaires eaux;
C'est le flot du Jourdain qui féconde l'argile.
Pour la moisson de l'évangile,
A ton symbole quand nos cœurs
S'ouvrent comme aux printemps les fleurs,
Qu'au souffle embaumé de l'aurore,
L'œil ravi voit germer, éclore,
O foi! c'est ton divin flambeau
Qui perce la nuit du tombeau,
Nuit où notre raison s'égare,

Où tes rayons sont notre phare !

Tel qu'au front d'un beau lac paisible, transparent,
Se reflète un ciel pur d'étoiles scintillant,
Ainsi de cette humble bergère
Qu'a célébré la France entière,
Quand tu racontes la grandeur
Les vertus, au ciel le bonheur,
Dans sa main au lieu de houlette
Des palmes couronnant sa tête,
A tes lèvres vois suspendus
Nos cœurs palpitants, confondus.
Tendre pasteur, quand tu ramènes
La brebis des forêts lointaines.
Quand tu l'arraches au buisson
Où tomba sa blanche toison,
Lorsque ta main sur la souffrance
Verse le baume et l'espérance ;
Médecin d'intime douleur,

Qui guérit toujours par le cœur,
Par la vertu de la croyance
A l'immortelle récompense,
Du fléau menaçant notre ciel s'assombrit
Mais tu nous tends la main, un ange nous sourit.

A MLLE M,

QUI N'ENVOYAIT DE SES NOUVELLES QUE VERBALEMENT A L'AUTEUR,
ET SANS LUI ÉCRIRE.

Si ta parole et ta voix
Sont plus douces mille fois,
Que le chant de Philomèle,
Au retour de l'hirondelle,
Que l'écho qui du zéphir,
Aux forêts dit les soupirs;
Pourquoi viens-tu me répondre

Par l'écho qui n'est que l'ombre,
Ou d'un corps la vision,
Ou le reflet d'un rayon?
Par ta voix tendre que j'aime,
Sans écho réponds toi-même
Et dis-moi si dans ton cœur,
Pour ma vie et mon bonheur,
Mieux que le rameau qu'incline
Le zéphir sur la colline,
Mieux que l'écho dans les bois,
Mon penser tinte parfois.

A FLORENTINE,

AU MATIN D'UN PREMIER JOUR DE L'AN.

Toi qui n'as vu passer aucun sombre nuage
Sur ton front virginal, aucun souffle d'orage,
Reine du doux espoir, toi que l'aile du temps,
Qui flétrit tout le reste, effleure en caressant,
Perle des frais gazons où scintille l'aurore,
O fleur que le printemps de ses roses colore,

Je voyais s'empresser à tes pieds, ce matin,
Ceux qui du nouvel an prédisant le destin,
Des jours les plus dorés t'apportaient l'espérance
Et prodiguaient leurs vœux à ton adolescence,
Alors je me disais: Que lui souhaiter, moi?.....
Quand le ciel s'empressant de calmer mon émoi,
Envoya murmurer à mon oreille un ange
Qui disait: Je lui porte un bonheur sans mélange.

AUX FEMMES.

A la brillante rose
Qui meurt à peine éclose,
On préfère la fleur,
Chaste emblême du cœur,
Qui, sous l'herbe touffue,
Cache en vain à la vue
Sa corolle d'azur,
Son arôme si pur,
Et qui, par vous cueillie,
Sous vos doigts embellie,
Naît, renaît en tous temps,

Dans vos jardins, vos champs,
Là modeste pensée,
Par vos mains arrosée,
La fleur du souvenir,
Que j'ose vous offrir.
Elle pare à la fois
Des bergers le hautbois,
D'Euterpe la houlette,
La lyre et la musette
Des graces, des amours,
Qui vous suivent toujours.

FIN.

TABLE DES MATIÈRES.

FIN DE LA TABLE.

www.ingramcontent.com/pod-product-compliance
Ingram Content Group UK Ltd.
Pitfield, Milton Keynes, MK11 3LW, UK
UKHW031859260826
14628UKWH00002B/867

9 782019 983833